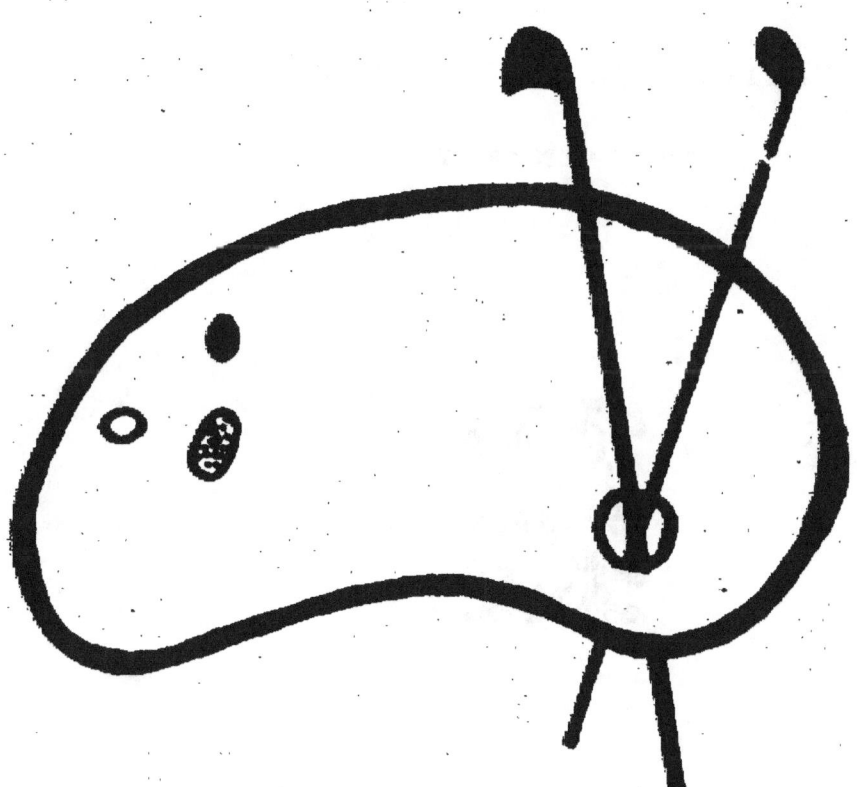

DEBUT D'UNE SERIE DE DOCUMENTS
EN COULEUR

STÉPHAN BORDÈSE

—

BLANC ET BLEU

PETITE SCÈNE PARISIENNE

POUR ENFANTS

PARIS

LIBRAIRIE THÉATRALE

14, RUE DE GRAMMONT, 14

—

1894

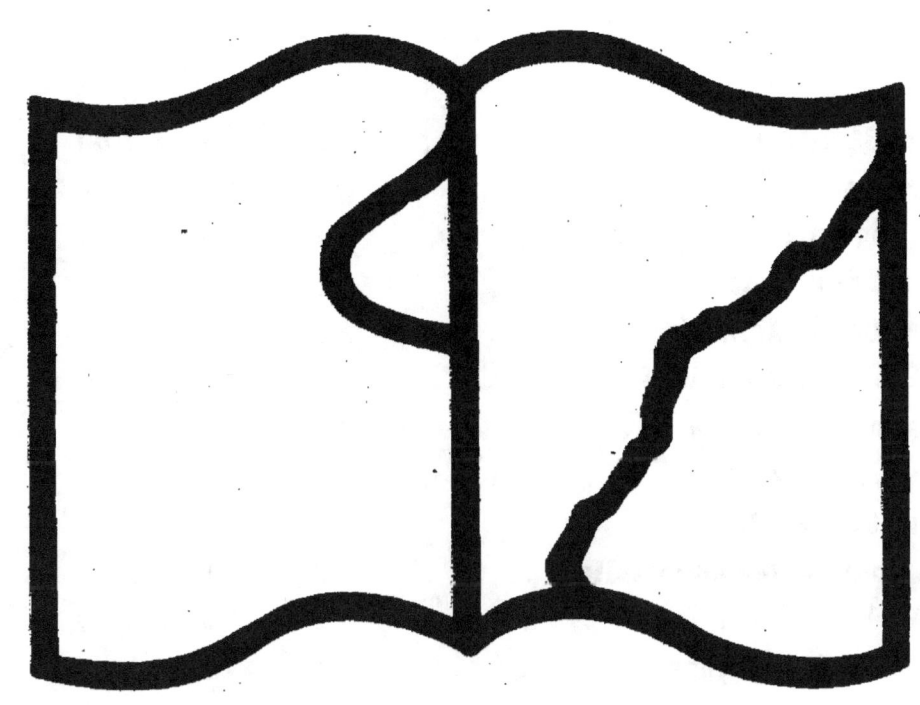

VALABLE POUR TOUT OU PARTIE DU
DOCUMENT REPRODUIT

PIÈCES POUR L'ENFANCE

	Garçons	Filles	Prix
Les Bavardes	1	2	0 50
C'on est une	1	3	1 »
La Cigale & la Fourmi	»	2	1 »
Les Deux Gascons	2	»	0 50
Les Deux Moineaux	1	1	1 »
L'École buissonnière	2	»	0 50
Fiancés en herbe	1	1	1 »
Five o'clock tea	»	2	0 50
Une Grave Affaire	2	2	1 »
Le Jour de Mademoiselle	1	1	1 »
Nô	2	»	0 50
Le Numéro gagnant	1	2	1 »
Pensum (charade)	1	2	1 »
Petite Maman	»	1	1 »
Le Petit Monde	1	2	1 »
La Petite Princesse	»	2	0 50
Les Petits Ambitieux	1	1	1 »
Les Petits Révoltés	1	3	1 »
Poucet & Poucette	1	2	1 »
Quand nous serons grandes	»	3	1 »
Pour un hanneton	2	2	1 »
Le Renard & le Corbeau	2	»	1 »
Rêves d'avenir	2	»	0 50
Vive le Général	2	1	1 »

Imprimerie Générale de Châtillon-sur-Seine. — Pichat et Pepin.

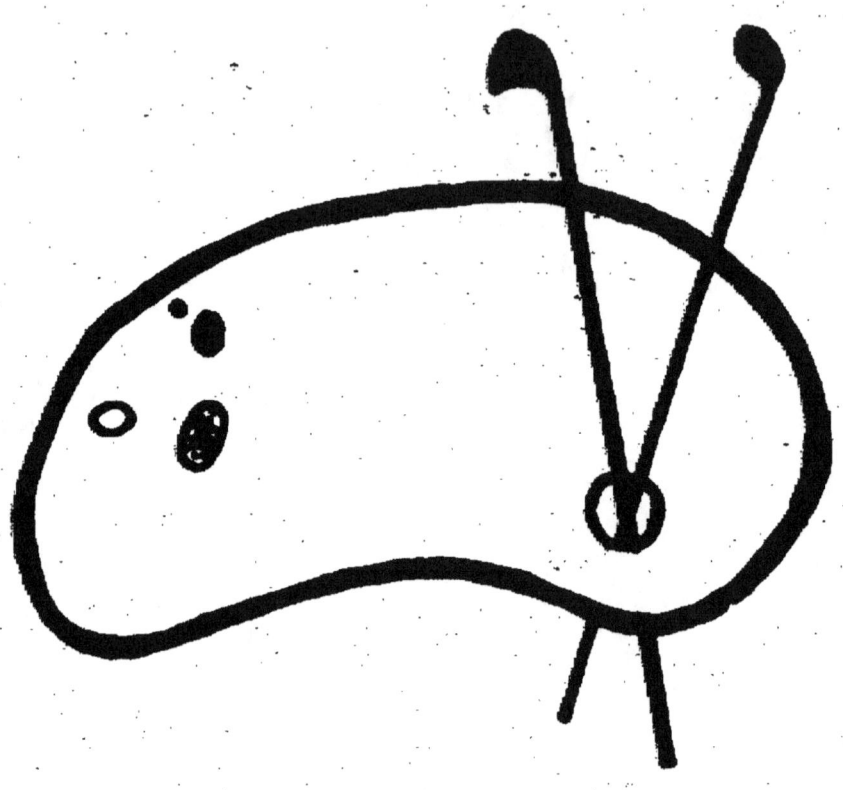

FIN D'UNE SÉRIE DE DOCUMENTS
EN COULEUR

BLANC ET BLEU

PETITE SCÉNE PARISIENNE

Imprimerie Générale de Châtillon sur Seine. — PICHAT et P. FILS.

BLANC ET BLEU

PETITE SCÈNE PARISIENNE

POUR ENFANTS

PAR

STÉPHAN BORDÈSE

PARIS

LIBRAIRIE THÉATRALE

14, RUE DE GRAMMONT, 14

—

1894

PERSONNAGES

UN JEUNE TELÉGRAPHISTE.
UN PATRONET.

BLANC ET BLEU

LE PATRONET, puis LE TÉLÉGRAPHISTE.

Le Patronet tournant le dos au public, lit les affiches col-
lées sur un mur. — Il a sa manne sur la tête.

LE PATRONET, lisant.

Terrain à vendre à Javel, avec grandes facilités
de paiement. C'est mon affaire ; être propriétaire
d'un terrain bien clos, pour jouer aux billes sans
être vu, voilà le rêve. (Continuant.) Le mètre qua-
rante francs ! C'est cher, enfin avec un mètre j'aurai plus de place qu'il n'en faut pour faire une
partie de bloquette avec un copain. Javel où donc
c'est ça? Ah ! j'y suis, c'est là qu'on a inventé l'eau
de javelle. Une ville d'eau, quoi ! (Lisant.) On demande un jeune homme de douze à quatorze ans
pour faire les courses, on gagne de suite... C'est

encore mon affaire, avec ça le terrain sera vite
payé...

> Passe un jeune télégraphiste, qui s'arrête derrière
> le patronet ; il s'approche doucement, et plonge
> le doigt dans la crème d'un savarin placé dans la
> manne. — Il lèche son doigt, et va recommencer
> quand il aperçoit une mouche sur le dos du pa-
> tronet.

LE PATRONET, continuant.

... S'adresser chez monsieur Laroue, fabricant
de bicyclettes. Les courses en vélo ! chic, entre
deux, j'irai dans mes terres. (Il sent la main du télégraphiste et se retourne vivement.) Hé ! là-bas, pas de
blagues. Va donc porter tes dépêches, espèce d'en-
régimenté.

LE TÉLÉGRAPHISTE.

On m'attend moins que toi, puisqu'on ne sait jamais que je dois venir, tandis qu'on a commandé
ta sauce ; allons, dépêche-toi, boule de neige.

LE PATRONET.

As-tu fini, bluet des rues.

LE TÉLÉGRAPHISTE.

N'insulte pas l'uniforme de l'État.

LE PATRONET, haussant les épaules.

C'est un patron comme un autre, et qui ne vaut
pas mieux que le mien, puisqu'ils font des boulet-
tes tous les deux. Est-ce que tu es payé ?

LE TÉLÉGRAPHISTE.

Pour sûr, et toi ?

LE PATRONET.

Oui, en taloches, mais j'ai les pourboires.

LE TÉLÉGRAPHISTE.

Et ça donne ?

LE PATRONET.

Ça dépend des maisons. Les boutiquiers, mauvaise clientèle, l'entresol pas fameux, au premier il y a un gâte-sauce, rien à faire, au second idem, au troisième c'est rare, au quatrième c'est meilleur.

LE TÉLÉGRAPHISTE.

Et le *cintième.*

LE PATRONET.

Ah ! le *cintième*, c'est bon. Le bourgeois donne toujours, surtout celui qui prend à crédit, il est plus généreux et ne refuse jamais un pourboire, pour bien manger.

LE TÉLÉGRAPHISTE.

Qu'est-ce que tu te fais par jour ?

LE PATRONET.

Entre dix et quinze sous, mais il faut avoir l'œil, et ne pas se laisser refaire par les bonnes qui disent toujours : Je n'ai pas de sous, je te donnerai quand tu reviendras prendre ton étuve. Mais je la connais moi, et je leur réponds que ce n'est pas moi qui reviendrai. Tu comprends, si on n'insiste pas on est étuvé. Et toi, tu en reçois?

LE TÉLÉGRAPHISTE.

C'est bien rare qu'on me donne quelque chose.

LE PATRONET.

Pardi, tu fais peur à tout le monde avec ton vilain papier bleu, tandis que moi je réjouis toujours ceux chez qui j'arrive.

LE TÉLÉGRAPHISTE, avec importance.

Les positions sont différentes. Sais-tu que je porte tantôt des secrets d'Etat, tantôt la fortune ou la ruine des gens en dix mots, enfin j'appartiens à la politique, à la finance, au public, tandis que toi tu n'appartiens qu'aux cuisiniers.

LE PATRONET.

Malgré tout ça, tu ne te presses pas davantage.

LE TÉLÉGRAPHISTE.

Oh! J'ai mes clients, je les connais, ainsi je ne blague jamais avec le commerce ou les administrations ; ils sont tous rageurs, et prennent votre numéro pour porter plainte, s'il y a retard. Les petits bleus, c'est moins grave, surtout quand ils sont pour des dames, elles ne disent jamais rien. Mais les plus commodes, sont ceux à découvert, les feuilles mortes comme on dit ; au moins on sait à quoi s'en tenir, et je ne comprends pas qu'ils ne soient pas tous ainsi. Dis donc, maintenant que nous sommes amis, on peut goûter ta crème?

LE PATRONET.

Pour sûr !

Il retire sa manne de sur sa tête, et la dépose sur
l'étuve.

LE TÉLÉGRAPHISTE, plonge le doigt et le lèche.

Très bon même, et, tu sais faire ça toi.

Il replonge le doigt.

LE PATRONET.

Pardine.

LE TÉLÉGRAPHISTE.

Apprends-moi, dis.

LE PATRONET.

C'est bien simple; on prend du lait...

LE TÉLÉGRAPHISTE, riant.

Ça ne te manque pas à toi.

LE PATRONET.

Et puis on tourne...

LE TÉLÉGRAPHISTE.

Après?

LE PATRONET.

On tourne encore, tu comprends, comme ça. (Il fait
le geste de tourner avec la main.) Quand c'est bien
tourné on rajoute du lait et on recommence dans
l'autre sens.

LE TÉLÉGRAPHISTE.

Mais pour donner ce bon goût?

LE PATRONET.

Il vient tout seul, c'est là le difficile, ça dépend de la façon de tourner.

LE TÉLÉGRAPHISTE.

C'est ça qui est drôle!

LE PATRONET.

Il y en a une pour la vanille, une pour la frambroise, une autre pour la fraise et ainsi de suite.

LE TÉLÉGRAPHISTE.

Et quand c'est fini?

LE PATRONET, avec importance.

On verse. Voilà. Tu as compris?

LE TÉLÉGRAPHISTE.

Très bien.

LE PATRONET, à part.

Il a de la chance.

LE TÉLÉGRAPHISTE.

C'est moins compliqué que le télégraphe; pour ton métier, il suffit de savoir manier une cuillère; mais chez nous, il faut la science, l'électricité...

LE PATRONET.

Qu'est-ce que c'est que l'électricité?

LE TÉLÉGRAPHISTE.

Tu n'en as jamais vu?

LE PATRONET.

Non jamais, et toi?

LE TÉLÉGRAPHISTE, avec importance.

Oh très souvent. J'en ai toujours des petits morceaux dans mes poches. (Il fouille ses poches.) Justement aujourd'hui je n'en ai pas.

LE PATRONET.

Comment est-ce fait ?

LE TÉLÉGRAPHISTE, avec simplicité.

Comme du fil en bobine... Il y en a de la petite et de la grosse.

LE PATRONET.

Mais pour envoyer une dépêche ?...

LE TÉLÉGRAPHISTE.

C'est simple comme bonjour pour nous autres. Suppose qu'un bout du fil est à Bordeaux, et l'autre à Paris.

LE PATRONET.

Eh bien ?

LE TÉLÉGRAPHISTE.

Le bonhomme qui tient le fil à Bordeaux tire dessus une fois pour faire A. deux fois pour faire B. et ainsi de suite jusqu'à Z. Alors, celui qui tient le bout ici, compte les secousses, et ajoute les lettres les unes aux autres pour faire les mots.

LE PATRONET.

Mais à Paris il n'y a pas de fil, on voit arriver les dépêches dans des petits moules à gâteaux ?

LE TÉLÉGRAPHISTE.

Je vais te dire ; c'est ce qu'on appelle le télégraphe *Peupratique*. L'autre allait trop vite, on l'a remplacé par ce système-là.

LE PATRONET.

Pourquoi ?

LE TÉLÉGRAPHISTE.

Pour donner le temps aux employés de lire leur journal. As-tu compris ?

LE PATRONET.

Parfaitement.

LE TÉLÉGRAPHISTE, à part.

Il a de la veine. (haut.) Tu vois que c'est compliqué tout ça, et qu'il faut des connaissances *es péciales*.

LE PATRONET.

Possible, mais vous n'avez pas encore trouvé le moyen de parfumer vos dépêches à la vanille ou à la framboise, en tirant le fil.

LE TÉLÉGRAPHISTE, avec malice.

Maintenant que je sais comment ça se fait avec le lait, je vais essayer avec l'électricité, et quand j'aurai trouvé, on me donnera... les... palmes... académiques !

Il se dresse et met les mains dans ses poches avec importance.

LE PATRONET.

Où vas-tu maintenant ?

LE TÉLÉGRAPHISTE, ouvrant sa sacoche, en sort une
dépêche jaune et lit.

Avenue Montaigne.

LE PATRONET.

C'est pressé?

LE TÉLÉGRAPHISTE, lisant à l'écart.

Tu comprends, le secret professionnel.

LE PATRONET.

Alors pourquoi lis-tu?

LE TÉLÉGRAPHISTE.

Moi, c'est différent. (Il continue sa lecture.) Non ça
n'est pas pressé, il dit qu'il ne peut pas donner
d'argent et demande d'attendre jusqu'à demain...
J'arriverai avant.

LE PATRONET.

Alors... il commence à attendre. Est-ce que tu
fumes?

LE TÉLÉGRAPHISTE.

Naturellement.

LE PATRONET.

Et ça ne te fait pas mal?

LE TÉLÉGRAPHISTE.

Si.

LE PATRONET.

Alors?

LE TÉLÉGRAPHISTE.

On fume tout de même, pour faire comme les hommes.

LE PATRONET.

Moi, j'ai fumé une seule fois, mais comme j'avais chipé de la crème avant, tu comprends.

LE TÉLÉGRAPHISTE, avec importance.

Trop jeune!... Où vas-tu toi?

LE PATRONET.

Rue Blanche, chez ma vieille, qui reçoit tous les dimanches le curé à déjeuner, mais ça ne presse pas, la messe finit tard.

LE TÉLÉGRAPHISTE.

Alors tu peux faire un saut-mout...

LE PATRONET, déposant sa manne.

Ça va, colle-toi.

LE TÉLÉGRAPHISTE.

On ne fonce pas. (Le patronet saute et se range.) Plus haut. (Il s'élance et ne saute pas, il reprend son élan.) Baisse un peu. (Avec terreur.) Un inspecteur!

LE PATRONET.

Qu'est-ce que ça fait, on le laisse passer, et puis on continue.

LE TÉLÉGRAPHISTE, troublé.

Tu crois ça.

Il s'élance et dans son trouble saisit la manne, la place sur sa tête et va s'éloigner.

LE PATRONET, la lui enlevant de la tête.

Veux-tu laisser mon savarin.

LE TÉLÉGRAPHISTE, riant.

Tiens, c'est vrai, je me trompais, mais je n'en veux pas de ta crème à ta vieille. Va la lui porter.

LE PATRONET.

Si je veux, moi, je ne crains pas l'inspecteur des gosses.

LE TÉLÉGRAPHISTE.

Mais tu reçois des taloches.

LE PATRONET, levant la main.

Ou j'en donne.

LE TÉLÉGRAPHISTE.

Essaie un peu, et tes oreilles pourront servir de crêtes de coq pour un vol-au-vent.

LE PATRONET.

Les tiennes sont trop longues pour ça.

Il s'éloigne.

LE TÉLÉGRAPHISTE, s'éloignant de l'autre côté.

Je te retrouverai.

LE PATRONET, lui faisant un pied-de-nez.

Jamais, nous sommes tous pareils. (criant.) Va donc avec ton numéro de fiacre, au collet.

FIN

IMPRIMERIE GÉNÉRALE DE CHATILLON-SUR-SEINE. — FICHAT ET PEPIN

www.ingramcontent.com/pod-product-compliance
Lightning Source LLC
Chambersburg PA
CBHW070910200626
46818CB00006BA/2457